GARE

A NOS VAISSEAUX

PAR

P.-A.-F. BOBŒUF.

DEUXIÈME ÉDITION.

PARIS

E. DENTU, LIBRAIRE-ÉDITEUR

PALAIS-ROYAL, 13, GALERIE D'ORLÉANS.

1860

TIMBRE
IMPERIAL
SEINE

GARE A NOS VAISSEAUX !

LE LION.

Sultan léopard autrefois
Eut, ce dit-on, par mainte aubaine,
Force bœufs dans ses prés, force cerfs dans ses bois,
Force moutons parmi la plaine.
Il naquit un lion dans la forêt prochaine.
Après les compliments et d'une et d'autre part,
Comme entre grands il se pratique,
Le Sultan fit venir son visir le renard,
Vieux routier et bon politique.
Tu crains, ce lui dit-il, lionceau mon voisin :
Son père est mort, que peut-il faire ?
Plains plutôt le pauvre orphelin.
Il a chez lui plus d'une affaire ;
Et devra beaucoup au Destin
S'il garde ce qu'il a, sans tenter de conquête.
Le renard dit, branlant la tête :
Tels orphelins, seigneurs, ne me font point pitié,
Il faut de celui-ci conserver l'amitié,
Ou s'efforcer de le détruire
Avant que la griffe et la dent
Lui soit crue, et qu'il soit en état de nous nuire.
N'y perdez pas un seul moment.
J'ai fait son horoscope : il croîtra par la guerre ;
Ce sera le meilleur lion
Pour ses amis, qui soit sur terre :
Tâchez donc d'en être, sinon
Tâchez de l'affaiblir. La harangue fut vaine.

Le sultan dormait lors, et dedans son domaine
Chacun dormait aussi : bêtes, gens, tant qu'enfin
Le lionceau devint vrai lion. Le tocsin
Sonne aussitôt sur lui ; l'alarme se promène
De toutes parts, et le visir,
Consulté là-dessus, dit avec un soupir :
Pourquoi l'irritez-vous ? la chose est sans remède,
En vain nous appelons mille gens à notre aide ;
Plus ils sont, plus il coûte, et je ne les tiens bons
Qu'à manger leur part des moutons.
Apaisez ce Lion : seul, il passe en puissance
Ce monde d'alliés vivant sur notre bien
Le lion en a trois qui ne lui coûtent rien.
Son courage, sa force, avec sa vigilance.
Jetez-lui promptement sous la griffe un mouton ;
S'il n'en est pas content, jetez-en davantage :
Joignez-y quelque bœuf : choisissez pour ce don,
Tout le plus gras du pâturage.
Sauvez le reste ainsi. Ce conseil ne plut pas
Il en prit mal, et force états
Voisins du sultan en pâtirent :
Nul n'y gagna, tous y perdirent,
Quoi que fit ce monde ennemi,
Celui qu'ils craignaient fut le maitre.
Proposez-vous d'avoir le lion pour ami,
Si vous voulez le laisser croître.
LAFONTAINE.

Une inquiétude immense et indéfinie agite aujourd'hui toute l'Europe.

Un sombre et épouvantable cauchemar semble peser depuis quelque temps comme un suaire de plomb sur l'intelligence atrophiée des nations.

Partout des craintes irréfléchies ou imaginaires de l'ambition de la France qui, calme et sûre de sa loyauté, se demande avec surprise, en scrutant son âme qu'elle trouve pure, ce qui peut motiver ces alarmes.

D'où viennent donc ces terreurs ?

Sont-elles fictives, sont-elles réelles ?

Oui et non.

Oui, elles sont chimériques, car jamais la France n'a moins songé qu'aujourd'hui à porter la perturbation chez ses voisins, irrationnelle qu'elle serait en compromettant de gaîté de cœur toutes ses conquêtes péniblement acquises par la paix.

Non, l'Europe n'est pas agitée sans motifs, car on ne cesse nuit et jour de lui souffler silencieusement à l'oreille que la France, cet ancien géant des batailles que l'on croyait anéanti, était, nouveau phénix, ressuscité de ses cendres plus fort et plus altier.

A la Suisse, ce paisible mais fier voisin dont nous avons toujours défendu jusqu'ici la cause avec ardeur ; on lui persuade, pour révolter sa fierté et l'irriter contre nous, que, nouveaux Gesler, nous voulons aussi aujourd'hui planter notre toque orgueilleuse sur le haut de leurs monts et projetons de l'asservir.

A l'Autriche, son inséparable et emphytéotique allié :

On lui rappelle ses anciennes défaites et sa perte récente de l'Italie (que soi-même on a provoquée) en lui insinuant que la paix qu'on lui a concédée est bien moins un gage de sécurité pour elle qu'une halte nécessaire pour réparer ses forces épuisées et revenir ensuite à longue haleine l'assaillir de nouveau et l'anéantir.

A la Prusse, qu'on fait bouillonner d'espérance et de craintes :

On lui promet, d'un côté, l'héritage de l'Autriche et le sceptre germanique, en lui montrant de l'autre la France prête à se ruer sur elle et à la noyer dans le Rhin pour s'emparer elle-même de ses futures dépouilles.

A la Russie, dont on feint de déplorer la destruction nouvelle de la flotte :

On lui signale la France comme l'ambitieux antagoniste qui le premier s'est opposé à ses desseins, qu'on a feint de désavouer afin d'être en mesure de s'opposer au rapt de Constantinople projeté par lui.

A la Belgique, qui ne demandait qu'à se fiancer à nous et dont, par menaces, on a fait disposer de la main :

On lui rappelle son ancien servage en lui affirmant que de nouvelles chaînes se forgent en silence pour l'en charger bientôt.

A l'Italie, dont nous venons de briser les fers, qu'on conseillait d'appesantir,

On la pousse avec exaltation aux intempestives et téméraires conquêtes en l'engageant à jeter au loin le fardeau pesant de la reconnaissance.

On inocule perfidement à ses fils, en leur serrant la main qu'auparavant *on dédaignait de toucher*, les poisons pernicieux de l'orgueil, de l'ambition et de la haine maternelle pour épuiser ses forces nouvelles en les divisant, et la jeter ensuite en curée promise ou s'en servir comme monnaie de coalition contre nous.

A l'Espagne, notre naturelle et plus ancienne alliée, qui tressaille de colère au bruit du trône héréditaire que soi-même on fait crouler :

On lui signale la France nouvelle comme le rongeur perfide qui sape intérieurement ses abris et veut les réduire en poussière, pour s'en faire un complice irrité ou un spectateur insensible.

A la Turquie, qui chancelle et menace de s'affaisser :

On lui montre l'horrible tableau de la destruction en la surexcitant par le cordial mortel du fanatisme, pour centupler un instant ses forces qui s'éteignent et la transformer en hyène irritée qu'on puisse déchaîner à volonté, ou qu'il soit impossible ensuite d'abattre sans péril.

Tels sont les sinistres bruissements qui tintent nuit et jour aux oreilles des peuples alarmés.

Telles sont les hideuses calomnies qui se sèment nuitamment à pleines mains dans le champ de notre honneur pour l'étouffer et y faire croître la haine.

Qui donc, alors que la France est pure de toute injuste ambition, de tout inique dessein, produit cette atmosphère brûlante d'inquiétudes, de défiances et d'animosités contre nous ?

Qui donc souffle sans cesse contre la France ce vent incessant de colères et de vengeances.

Qui crible sans relâche les cendres des inimitiés éteintes pour en trier les charbons épars et les réenflammer ?

Qui sera tenu de venir à la barre de l'humanité rendre compte du sang déjà versé et des pleurs des orphelins ?

L'Angleterre !

(Qu'on retienne bien que je n'entends désigner ici que l'aristocratie anglaise).

L'Angleterre ! que le blocus continental de la paix et de la science étiole et qui sent l'univers lui échapper de la main.

L'Angleterre ! que la silhouette d'un vaisseau qui sillonne l'Océan fait bondir de colère et qu'aujourd'hui notre marine empêche de dormir.

L'Angleterre ! que la vapeur épouvante et que ses vibrations stridentes énervent et étourdissent même aux sommets de Gibraltar ; qui soupire nuit et jour après les oasis paisibles et solitaires de notre Algérie pour aller y reposer ses membres irrités.

L'Angleterre ! cette nouvelle et implacable Sténobée que le fantôme de Bellerophon poursuit sans cesse et qui voudrait se débarrasser de ses étreintes.

L'Angleterre ! cette brûlante Salamandre que l'air pur engourdit et débilite et qui cherche à incendier de nouveau l'univers de son soufle de feu pour y repuiser la vie au mileu des brasiers.

L'Angleterre enfin ! ce Crésus égoïste qui pour jouir seul et plus longtemps du futur héritage de ses fils adultes veut les précipiter encore au milieu des dangers pour conserver sa sécurité.

Telle est la cause de l'inquiétude immense qui tient les esprits oppressés.

Le Léopard anglais se prépare donc, qu'on en soit persuadé, à s'élancer de nouveau sur nous à l'improviste, suivant son habitude, et rampe actuellement avec prudence sous les broussailles épaisses de la duplicité, de la calomnie et du mensonge pour trouver des auxiliaires craintifs qui lui rabattent sa proie qu'il promet en curée, et fondre ensuite sur elle.

Pour ceux qui seraient tentés de taxer ce prologue d'exagération, qu'ils suspendent leur jugement et me permettent de leur démontrer, par les faits déjà passés, que, loin de trop foncer les teintes, je ne fais au contraire qu'esquisser à pâles couleurs les contours du tableau que je vais chercher à peindre ; et que tous les événements qui surgissent depuis longtemps sont, sans en excepter aucun, *tous enfantés* par l'Angleterre.

En présence des motifs avoués en 1859 par l'Autriche pour déclarer la guerre au Piémont et des complications effrayantes que cette guerre pouvait faire naître, je résolus alors de chercher le mobile réel de la lutte sanglante qui allait s'engager.

La conduite de l'Autriche était trop téméraire et trop inintelligemment inique à mes yeux pour ne pas supposer que cette puissance ne jouait qu'un rôle secondaire et imposé dans le drame qui allait se dérouler, et que, machiné docile et active, elle ne faisait que fonctionner sous l'impulsion calculée d'un moteur invisible.

Une fois cette force occulte, suivant moi, découverte, j'écrivis aussitôt quelques pages ayant pour titre : GARE A NOS VAISSEAUX ! GARE A L'ALGÉRIE ! que je voulus faire imprimer.

Mes amis m'en dissuadèrent en me taxant d'exagération et d'anglophobie, et je déférai à leurs conseils ; mais aujourd'hui que les évé-

nements ont confirmé pour moi la justesse de mes prévisions et que
la crainte d'être ridiculisé comme écrivain m'importe peu en cette
circonstance, je vais démontrer, par la logique des faits, que les événements qui s'accomplissent depuis deux ans ne sont que le prologue
du drame sanglant que l'Angleterre va éditer.

Qu'on me pardonne donc, avant d'arriver à l'appréciation des luttes
qui se préparent, de mettre sous les yeux du lecteur le travail que
j'avais alors préparé.

GARE A NOS VAISSEAUX ! GARE A L'ALGÉRIE !

> « Peut-être un jour oserai-je exposer avec respect le
> fruit de mes réflexions, persuadé que chaque citoyen
> doit à l'Etat le tribut de ses vues patriotiques en
> échange de la protection que le Prince lui accorde et
> des agréments dont la société le fait jouir. «
>
> (Beaumarchais, vol. 3, p. 373.)

§ I.

En présence de l'horizon qui se rembrunit, des nuages qui s'amoncellent et des graves événements qui se préparent, il est peut-être téméraire à moi de venir troubler intempestivement le recueillement
solennel que la situation impose.

Qu'on me pardonne mon audace en vertu de l'intention qui me fait
agir.

Si, comme ce citoyen courageux qui, lors de l'érection d'un obé-
lisque à Rome, se mit à crier, au péril de sa vie : *Mouillez les cordes*,
je viens aussi crier aujourd'hui : *Gare à nos vaisseaux ! gare à l'Algérie !* c'est que j'ai la conviction sincère de ne pas me tromper et de
venir donner un avis salutaire.

Voltaire disait qu'il n'y avait pas de si mauvais livre qui ne contînt
quelque chose de bon ; Molière croyait au bon sens de sa servante, et
Mozart écoutait chanter son jardinier, qui lui donnait souvent de mé-
lodieux motifs.

Qu'on me permette donc aussi de donner mon avis et de chanter en
liberté, libre que l'on sera de me siffler ensuite si je ne fais entendre
que d'insipides mélodies.

Ceci exposé, afin que chacun sache de suite qu'il ne doit s'attendre ni à une littérature élégante (c'est la première fois que j'ose me
permettre d'écrire et depuis vingt ans je ne m'occupe que d'industrie)
ni à rien de méthodique, je vais justifier mon cri d'alarme en faisant
connaître le résultat de mes observations.

I.

Deux ou trois points culminants éloignés sont suffisants en géométrie pour pouvoir mesurer avec exactitude des étendues immenses que l'œil embrasse à peine sans pouvoir les sonder.

Deux ou trois faits saillants doivent également suffire en politique pour déterminer l'étendue des efforts et des moyens cachés de ses ennemis.

Quels sont les faits qui m'autorisent à supposer que l'Angleterre seule a préparé les événements qui sont sur le point de se produire ?

Ce sont ceux-ci :

1° L'Angleterre a fait appel à la France et au Piémont pour protéger, au nom de la justice, le faible contre le fort ;

2° L'Angleterre s'est ensuite alliée avec l'oppresseur contre l'opprimé dont elle avait accueilli les plaintes, et lui refuse aujourd'hui son concours;

3° *Elle arme nuit et jour*, se disant menacée, pour augmenter ses moyens agressifs.

C'est plus qu'il n'en faut pour éclairer la situation et juger de la gravité des événements qui se préparent.

II.

Est-ce la France, le Piémont ou l'Autriche qui ont produit cette masse d'électricité qui est dans l'air et qui menace de retomber en éclats foudroyants ?

Est-ce l'Angleterre, au contraire, qui l'a dégagée avec science des éléments qui la contenaient à l'état inerte, et qui, après l'avoir accumulée avec soin, va chercher à la diriger sur ceux qui lui font obstacle ?

C'est ce que je vais examiner.

Qu'est-ce que la guerre ?

Pour les hommes logiques :

C'est l'art de se préserver, de conserver ou d'augmenter légalement ce qu'on possède.

Pour les hommes trop logiques :

C'est l'art d'augmenter ce que l'on a déjà de tout ce que les autres ont acquis.

Dans quelle catégorie pouvons-nous être classés ?

Nos secours désintéressés à l'Amérique, nos guerres de la Grèce, de la Russie, etc., etc..., prouvent suffisamment que si nous ne sommes pas toujours très perspicaces, nous sommes au moins constamment désintéressés.

Pourquoi donc aujourd'hui l'Autriche feint-elle de craindre, en cherchant à communiquer ses appréhensions à toute l'Allemagne, que nous ayons changé de manière d'agir et que notre but caché soit celui de la dépouiller pour nous enrichir de ce qui lui appartient ?

Par une raison bien simple ;

Parce que nous l'avons déjà envahie, qu'ensuite elle a pris sa revanche avec nous et qu'elle cherche à persuader à l'Europe que nous voulons jouer la belle afin d'avoir l'occasion plausible et *enfin octroyée de s'emparer de Gênes* et de tout le littoral italien de la Médiderranée que depuis si longtemps elle regarde avec convoitise par dessus les épaules de Parme et de Modène.

Pour démontrer la fausseté des intentions qu'elle prête à la France, il ne s'agit que de comparer les situations et les époques de nos anciennes querelles, avec la situation et l'époque actuelle.

En effet :

Pourquoi la France a-t elle lutté avec des chances diverses contre l'Allemagne entière et l'Autriche en particulier ?

Est-ce parce qu'elle est du nombre de ceux qui, trop logiques, cherchent à augmenter ce qu'ils ont, de ce que les autres possèdent?

Non.

La France en 1789 avait des altercations intérieures qui ne concernaient qu'elle : à tort ou à raison, elle espérait y mettre fin par les moyens qui lui paraissaient les plus efficaces, lorsque l'Autriche, poussée par l'Angleterre, et ayant l'Allemagne à sa suite, voulut se mêler de lui faire des représentations et la forcer à changer de conduite en la menaçant de l'y contraindre.

La France, irritée, méprisa leurs injonctions. L'Autriche et l'Allemagne voulurent joindre alors l'exécution à la menace; mais la France, dont les forces étaient décuplées par la colère et l'indignation, les jeta hors de son territoire et les refoula chez elles.

Plus tard, l'Europe, irritée de ses défaites, se coalisa avec l'Angleterre, que Napoléon voulait la forcer de combattre, et usa de représailles.

Tel est le résumé de nos démêlés antérieurs avec l'Autriche et l'Allemagne et l'analyse rapide de notre première Révolution.

La situation est-elle la même aujourd'hui ?

En aucune façon.

Nous avons rendu avec intérêt à l'Allemagne ce qu'elle nous avait avancé ; l'Allemagne, à son tour, nous a rapporté avec désintéressement ce qu'elle croyait avoir reçu en trop, et nous sommes quittes.

Si les débats entre la France et l'Allemagne ont duré si longtemps jadis, la faute en a été qu'à cette époque on n'avait pour interprète et diplomate écouté que le canon.

Mais depuis, les choses ont bien changé.

Au canon brutal et excitateur a succédé la vapeur intelligente et persuasive qui a relié les peuples entre eux, soudé leurs intérêts ensemble, et les rend déjà presque aujourd'hui solidaires les uns des autres.

C'est l'intelligence substituée à la matière, c'est le grand apôtre de l'avenir qui unira tous les peuples pour n'en former qu'une seule famille.

Malheur donc au peuple qui, dans un but mesquin de rancune ou d'intérêt personnel, voudrait chercher à arrêter les progrès de la civilisation qu'a commencé à développer le nouvel agent providentiel.

Est-il permis de penser que ce soit le peuple français qui veuille assumer sur lui cette terrible responsabilité?

Non, et ce pour deux raisons :

La première, c'est que le peuple français a toujours marché à la tête de la civilisation ;

La seconde, qu'en lui supposant des vues de conquêtes, ses victoires mêmes *seraient nuisibles à ses intérêts*

En effet, pourquoi fait-on la guerre ?

Toujours en vue de défendre ou d'augmenter ce que l'on possède, et non assurément de le perdre.

Or, si la France avait plus à perdre qu'à gagner en l'entreprenant, il serait évident alors que ce n'est pas elle qui l'aurait provoquée.

C'est ce que je vais démontrer :

Avant 1789, les peuples les plus intelligents et les mieux favorisés par leur position naturelle (les Vénitiens, les Espagnols et les Hollandais, etc...) avaient compris que la richesse d'un peuple reposait moins dans l'étendue de ses possessions territoriales que dans la création et l'organisation de moyens propres à l'échange de ses produits; de là, l'extension que ces peuples donnèrent à leur marine pour répondre aux besoins multipliés, créés par les échanges.

Tous les autres peuples entrevirent bien alors les avantages des transactions et aspiraient à y prendre part ; mais ils avaient compté sans le peuple Anglais, qui, mieux placé et mieux organisé, consacra sa fortune et ses voiles à les diviser pour les vaincre et s'imposer ensuite à eux.

Tant que les nouveaux et rapides moyens de communication que la vapeur a créés furent incomplets et inétablis, les peuples territoriaux ne cherchèrent à augmenter leurs richesses qu'au moyen de nouvelles possessions ; mais depuis que la vapeur et l'électricité sont devenus le domaine de tous, les idées et les aspirations des peuples ont complétement changé de nature : chacun a cherché aussitôt, non-seulement à se doter de voies terrestres rapides et économiques, mais encore à développer ou à créer de nouveaux moyens maritimes nécessaires à l'échange ou à l'écoulement de leurs produits et de leur industrie.

En présence de la nouvelle situation et de la nouvelle politique générale que la vapeur et l'électricité ont imposée à chaque peuple, quel doit donc être aujourd'hui le but des efforts de chacun des membres de la famille européenne ?

Celui assurément de perfectionner ou de se créer des instruments d'échange et de communication, sous peine d'être obligé d'avoir recours aux intermédiaires favorisés, dont ils seraient tributaires et dépendants.

Un peuple qui chercherait donc aujourd'hui à augmenter sa richesse par l'adjonction de nouvelles possessions territoriales, en s'exposant, pour arriver à son but, à perdre les ressources maritimes qu'il aurait créées, serait non-seulement un peuple inintelligent, mais un peuple arriéré qui n'aurait rien appris et s'exposerait bénévolement à tout perdre.

Est-ce là ce que le peuple français peut avoir pour but? Peut-il avoir envie de conquérir aujourd'hui l'Allemagne ou l'Autriche pour l'ajouter à ses possessions et compromettre ainsi par une ambition aussi arriérée, tous les résultats qu'il a déjà obtenus et doit encore obtenir du développement de sa marine ?

Assurément non, car il serait facile de démontrer que si l'Allemagne voulait aujourd'hui, *sans combats et de bonne volonté* se donner à la France pour en faire partie intégrante, l'Allemagne *seule gagnerait à cette adjonction*, puisque les produits de son industrie qui peuvent déjà faire concurrence aux nôtres, malgré les droits dont ils sont frappés, en seraient alors exonérés.

Qu'on demande aux Alsaciens s'ils désirent aujourd'hui redevenir allemands, et on connaîtra leur réponse.

Venir donc, en présence des nouvelles aspirations que tous les peuples doivent avoir, supposer à la France l'idée de vouloir conquérir l'Allemagne, c'est lui supposer des idées d'une autre époque que depuis longtemps nous avons retirées de la circulation de l'Europe pour

les reléguer en Afrique où elles pourront continuer à se développer à
à loisir et sans nuire à personne.

La France ne peut donc, ni rationnellement, ni logiquement, avoir
en vue de nouvelles conquêtes, et Sa Majesté Napoléon III a exprimé
une vérité politique incontestable en affirmant à l'Europe que : *l'Empire, c'est la paix.*

Si l'Empire n'est pas la paix, c'est que d'autres puissances auront
des motifs inverses de ceux de la France et qu'elles la contraindront
à la guerre.

III.

Examinons actuellement les avantages que la guerre peut procurer
soit à l'Autriche, soit à l'Angleterre.

L'Autriche a bien compris depuis longtemps l'importance des
échanges et la nécessité logique de la navigation comme moyen d'accroître la prospérité, aussi a-t-elle mis tous ses soins à développer
Trieste et à se faire adjuger en 1815 toutes les portions de l'Italie les
plus propices à la réalisation de ses projets ultérieurs. Aussi, aujourd'hui que cette importance s'accroît de jour en jour, l'Autriche voudrait-elle venir s'établir sur la Méditerranée pour se trouver au centre
des transactions que l'ouverture du canal de Suez ne fera que multiplier (si l'Angletere en permet l'exécution) et fait-elle appel à la force
pour s'emparer des rivages que depuis quarante ans elle convoite.

L'Autriche donc, loin de craindre pour la conservation de ce qu'elle
possède déjà, n'a d'autre but au contraire que de l'augmenter de tout
l'avoir que possède le Piémont.

La politique de l'Autriche a-t-elle été jusqu'ici rationnelle pour arriver à ce but ?

Pour des hommes aussi faibles que moi, il semblerait au premier
abord que la politique suivie par l'Autriche depuis 1815 jusqu'à ce
jour a été précisément la politique inverse de celle qu'il aurait fallu
adopter pour arriver à un résultat favorable, puisqu'elle n'a eu pour
effet que de lui aliéner les peuples et de s'en créer des ennemis irréconciliables ; mais pour des hommes plus forts et connaissant mieux leur
Machiavel, la politique suivie par l'Autriche a été assurément la plus
propre qu'elle ait pu adopter pour venir à bout de ses projets.

En effet :

Les traités de 1815 ont bien permis à l'Autriche de prendre un haut
de chausses dans l'antique manteau du peuple roi, mais l'Angleterre
n'a point voulu lui permettre de s'y tailler un pourpoint, dans
crainte d'y réchauffer un futur adversaire, au sortir d'une lutte
qu'elle n'avait entreprise que pour terrasser l'ennemi qui lui portait
ombrage.

L'Autriche vit bien qu'elle n'obtiendrait rien de plus que ce que
messer Lion daignait lui octroyer ; aussi résolut-elle alors de chasser
seule et de tendre ses filets en cachette pour ne les relever qu'en
temps opportun ou lorsque sa majesté aurait de nouveau besoin de
ses services.

En conséquence :

Au lieu de chercher dès lors à s'assimiler les peuples échus à son
partage, en les traitant comme ses sujets, elle rejeta bien loin d'elle
une politique aussi vulgaire qui ne pouvait lui rapporter que des bénédictions qu'elle ne prise guère, au lieu de possessions importantes
qu'elle préfère bien mieux.

La Sardaigne, qu'elle convoite, est gouvernée avec justice et modération ; elle en fera une antithèse permanente et attractive pour ses
nouveaux sujets en les gouvernant avec rigueur et injustice, afin d'a-
voir constamment sous la main un foyer actif d'incendie qu'elle allu-
mera à l'heure propice et feindra de vouloir éteindre pour se fournir
le prétexte de sauter sur la proie qu'elle convoite, en invoquant le
salut de tous.

Deux fois déjà, l'occasion de broyer son ennemi s'est offerte à elle,
et deux fois elle n'a osé y toucher, craintive et atterrée par les sourds
rugissements qu'elle entendait au loin ;

La première fois après la bataille de Novarre, et la seconde pendant
la guerre de Crimée.

Pourquoi donc l'Autriche, après avoir laissé échapper des occasions
aussi propices, veut-elle aujourd'hui tenter le sort des batailles, pour
attaquer maintenant son ennemi dispos et fortifié ?

Résoudre cette question, c'est sonder toute la situation actuelle et
reculer l'étroit horizon que les ténèbres resserrent de toute l'étendue
immense que l'incendie qui se prépare devra lui donner.

Si l'Autriche a laissé tomber de ses serres, après la bataile de Novarre, la Sardaigne qu'elle enlevait déjà, en l'étreignant avec force, et
si, pendant la guerre de Crimée, elle n'a osé se précipiter chez elle
en son absence, c'est que l'Angleterre, qui ne veut point substituer un
Etat puissant à un Etat faible sur la Méditerranée, lui avait ordonné
de lâcher sa proie, en lui enjoignant de la laisser désormais tran-
quille, et que l'Autriche sait parfaitement que toutes les conquêtes
maritimes qu'elle pourrait faire sans l'assentiment de l'Angleterre,
non seulement seraient nulles pour elle, mais ne serviraient qu'à lui
faire couler ses vaisseaux et incendier ses ports.

Tels sont, en réalité, les motifs de sa prétendue générosité et de sa
vertueuse modération.

Si, aujourd'hui, l'Autriche veut au contraire en appeler aux armes,
c'est que le léopard britannique *veut entreprendre une nouvelle
chasse ;* qu'il a besoin de son secours et lui a ordonné de commencer
la battue en lui promettant cette fois pour sa part de curée, le
morceau qu'elle convoite et dont elle broie inutilement l'ombre depuis si longtemps entre ses dents ; aussi, sacrifiera-t-elle jusqu'à son
dernier homme et son dernier écu pour chercher à obtenir la réalisation de ses espérances, sans se douter du coup de patte royal qu'elle
recevra pour solde et acquit de tous comptes entre elle et son sei-
gneur.

Si l'Autriche espère être soutenue pendant la lutte par la Confédération germanique, la Prusse ou la Russie, elle est dans l'erreur.

La première, à la vérité, armera et attendra d'une manière passive
jusqu'à ce qu'il lui soit prouve que la France ne veut en rien attenter
à ses libertés.

Pour la Prusse, elle formera constamment son arrière-garde sans
prendre part à sa querelle particulière, la suivant sur le terrain
(comme le neveu qui lui sert de témoin suit son oncle qui va se
battre en duel) avec l'espérance de revenir son héritier, ou se battra
pour son propre compte en vue d'accélérer ou d'augmenter son héritage.

Quant à la Russie, que la dernière lutte a dû fatiguer, elle profitera
peut-être des vacances que vont lui donner les débats pour aller se
promener sur les bords de la mer Noire, à moins que, mieux avisée,
elle ne juge que notre cause est la sienne et ne se range à nos côtés.

Ceci exposé, examinons quel est le véritable auteur des événements qui se préparent.

IV.

Qui a soulevé les nuages qui s'amoncellent?

Avant de répondre à cette question et de conclure par l'axiome *is fecit cui prodest*, je vais chercher à dessiner le moins mal qu'il me sera possible la silhouette si mobile du peuple anglais.

Qu'est-ce que le peuple anglais ?

Pour les personnes froides et sérieuses :

C'est la réunion de dix mille têtes bien organisées, divisées en deux partis, obéissant à vingt chefs encore mieux organisés, qui prouvent depuis trop longtemps à l'univers que : *l'union fait la force* !

Qui divergent parfois d'opinion sur la manière de faire produire leurs châteaux, leurs fermes, leurs usines ou leurs comptoirs : mais qui sont toujours d'accord entre eux sur celle d'exploiter tous les peuples de la terre en général et le peuple français en particulier;

Qui ont fait des continents leurs jardins d'agrément, et de toutes les mers qui les entourent leurs piscines particulières ; mais :

Pour nos grands peintres de mœurs, Philippon, Cham, Daumier, Nadar et Commerson, ce ne serait au contraire qu'une réunion :

D'excentriques viveurs, dont quelques-uns seulement se repaissent de guinées frites, et tous les autres... de pains à cacheter;

D'ardents initiateurs, portant constamment le flambeau de la civilisation à la main, pour éclairer l'humanité... *et leur route* ; mais qui, arrivés à leur but, vous le laissent toujours tomber malheureusement sur le nez en vous saluant pour souhaiter le bonsoir;

De vrais Blondels antiques, qui ramassent dans l'univers tous les soupirs et les plaintes des opprimés... pour s'en faire des chanterelles de guitares;

D'anciens bardes d'Ossian, voués au chant sacré et éternel des sublimes mélodies de... *fleuve du Tage et de l'Andalouse* (de Gibraltar) au teint bruni ;

De patients néophytes, qui attendent toujours à Malte... le retour des chevaliers ;

De nouveaux inspirés pour le salut des infidèles, qu'ils initient avec ferveur... aux beautés du droit canon ;

D'intelligents inventeurs d'une architecture nouvelle (dont Copenhague est le modèle), qu'ils adoptent toujours... quand ils ne veulent point de chers bourgs;

D'infatigables touristes, qui, coiffés de petites casquettes pour s'habituer à ne jamais ôter le chapeau, quittent tous leur chère patrie sans malles mais... ne reviennent jamais de même ;

D'adroits industriels nocturnes, qui parcourent toutes les cités sans bruit, en ramassant avec soin toutes les lamentations, les aspirations, les haines et les malédictions que les tyrannies jettent le soir au coin de leurs palais... pour les trier à leur retour et les revendre ensuite à gros bénéfices.

EN UN MOT, *de véritables moulins à vent, qui se tournent toujours avec prestesse vers l'élément qui les fait moudre et montrent le dos à l'orient aussitôt que l'occident souffle.*

Voilà quel pourrait être le peuple anglais pour ceux qui ne l'analyseraient que d'une manière abstraite ou légère; mais ces définitions trop restreintes seraient loin d'en donner une idée exacte.

Qu'est-ce donc pour moi que le peuple anglais ?

S'il me fallait répondre à cette question ainsi posée, sans pouvoir la scinder et contraint comme dans un interrogatoire de répondre oui ou non, sans commentaires, je dirais à regret et avec une demi-exactitude :

C'est l'ennemi du genre humain, c'est le sénat de Rome dont Caton disait : *Senator quisque optimus, senatus mala bestia.*

Mais n'étant pas circonscrit dans mes réponses et pouvant dévelop-per mes allégations, je dirai :

Le peuple anglais est une unité, qui, comme toutes les unités d'ici-bas, *n'est pas simple, mais multiple*, formée d'une partie matérielle, qui est le peuple anglais, et d'une partie intellectuelle, qui est son aristocratie ;

C'est le corps et l'âme, la machine et le moteur.

L'élément matériel de cette unité est le peuple anglais, qui s'agite, s'épuise et s'use sous la force impulsive de son aristocratie, en ne recevant pour fonctionner sans cesse que les quelques gouttes d'huile indispensables pour transmettre la force donnée, mais qui commence à perdre vapeur et menace de s'arrêter bientôt si l'on ne renouvelle ses rouages.

Le second élément, ou le moteur, est l'aristocratie anglaise, qui pour moi est la synthèse de l'intelligence vaste et insatiable de l'hu-manité matérielle, qui, après avoir gravi les abruptes rochers de la triste Albion a regardé l'univers en face et a dit : ces peuples seront à moi, j'en ferai mes esclaves !

C'est la haute méditation spéculatrice, retirée au milieu de la froide solitude des mers, pour chercher à y résoudre en silence le problème posé de l'exploitation des mondes : *l'Angleterre donnée comme leur entrepôt universel et leur usine incessante.*

C'est l'orgueilleux archange de la matière, qui, précipité de l'E-den, a jeté avec fureur sur l'univers son sceptre foudroyé, en criant dans l'espace : Et moi aussi je serai Dieu, et j'aurai mes autels.

Telle est pour moi la nature de l'unité que représente le peuple anglais.

Pour ne pas retomber de trop haut en voulant m'élever, je me hâte de rentrer simplement dans mon sujet, et vais prouver que le gouver-nement anglais est le seul qui ait préparé les événements qui vont s'accomplir.

Je ne chercherai point à faire l'histoire de l'origine et du dévelop-pement de la puissance maritime de l'Angleterre, j'arrive de suite à cette puissance acquise, comme fait accompli, et pose cette question :

Comment l'Angleterre a-t-elle conservé jusqu'à ce jour sa suprématie sur toutes les mers ?

En détruisant d'abord, par tous les moyens possibles, les marines des peuples de l'Europe *que borde l'Océan*, et *en enfermant ensuite sous clé* les marines des peuples que baignent d'autres mers ;

En invoquant toujours, pour arriver à son but, les grands principes de conservation ou de liberté contre ceux qui lui faisaient obstacle, pour les faire écraser par les coalitions qu'elle formait contre eux, disant aux Rois : *Je suis Despotisme* : voyez mes peuples attachés à ma glèbe ! et aux peuples : *Je suis Liberté* : voyez mes Rois esclaves ! Criant ainsi alternativement : Vive le Roi ! vive la Ligue ! suivant ses intérêts, mais jamais pour faire triompher le droit et l'équité.

En effet :

Tant que la France, en 1789, se contenta de se battre contre l'Eu-rope continentale, l'Angleterre, qui trouve toujours dans les perturba-ons sa sécurité personnelle et l'écoulement de ses produits, se garda mettre fin à la lutte en se rangeant du côté du bon droit mais aussitôt qu'elle vit que Napoléon avait vaincu les factions, et que, réunissant la puissance en sa main, il pensait à rendre à la France son ancienne splendeur, elle se déclara aussitôt son ennemie et fomenta contre lui la ligue des Rois absolus pour l'aider à le terrasser.

1830 et 1848 éclatèrent ensuite vainement pour elle, car tant que les peuples s'occupent de détruire, ils deviennent ses alliés et ses clients naturels ; mais qu'ils se fortifient et développent leur industrie et leur marine, alors ils sont ses ennemis.

Comme on le voit, l'Angleterre jusqu'à ce jour a toujours eu le talent de faire détruire les marines qui lui portaient ombrage, *en suscitant* constamment contre elles *d'immenses coalitions*, soit au nom de la liberté, soit à celui du despotisme.

Faible et minime par rapport aux peuples nombreux qu'elle s'est proposé d'exploiter ou d'assujettir, elle s'est appliquée sans cesse à semer la division entre eux, pour en faire alternativement les auxiliaires de ses desseins et de ses calculs.

L'Angleterre sait parfaitement que le jour où les nations s'apercevront qu'elles ne sont que les jouets de son ambition, elles viendront toutes ensemble lui présenter le compte accumulé de leurs déceptions qu'il faudra enfin régler ; mais versée qu'elle est dans la connaissance des passions humaines, qu'elle étudie sans cesse avec attention par tout le globe, elle compte avec assurance sur la supériorité de sa science physiologique pour neutraliser, par des aspirations matérielles contraires, toutes les aspirations partielles de justice et d'indépendance formées contre elle ; aussi compte-t-elle éterniser sa domination et se prépare-t-elle maintenant à la consolider de nouveau et *à l'étendre encore*, si les peuples de l'Europe qu'elle a excités et poussés au combat sont assez aveugles pour ne pas deviner ses desseins et suivre ses conseils.

Qui peut donc aujourd'hui porter ombrage à l'Angleterre ?

La France !

La France, dont la marine l'empêche de dormir, et dont elle a compté, dans la mer Noire et la Baltique, tous les clous et les cordages, comme elle avait, en 1840, compté ceux de la Russie dans la Méditerranée.

C'est de la calomnie, me dira-t-on, car l'Angleterre a fait tous ses efforts pour empêcher la guerre qui vient d'éclater.

« La première, elle a envoyé lord Cowley comme médiateur ; la » première, elle a proposé des conditions acceptées, et seule jusqu'à » la fin, elle a cherché à éteindre l'incendie qui commence à se dé-» clarer.

» Que le ministère tory ait des prédilections pour l'Autriche, qui, » comme lui, est l'expression de l'aristocratie triomphante, c'est pos-» sible ; mais il doit succomber, et lord Palmerston, qui lui succédera, » a fait assez éclater ses sympathies pour l'Italie, pour être certain » qu'il la protégera et la défendra contre l'Autriche. Comment donc, » en présence de faits matériels semblables, oser porter d'aussi in-» justes accusations ? »

Ce à quoi je réponds :

Pour moi, toutes les phrases, tous les discours, toutes les politesses politiques ne signifient rien, ou plutôt signifient toujours l'inverse de ce qu'ils semblent exprimer.

Est-ce que Talleyrand n'a pas dit : Que la parole n'avait été donnée à l'homme que pour dissimuler sa pensée ?

Est-ce que l'agent principal des péripéties d'un drame se dévoile de suite à ceux qu'il veut tromper ?

Non.

Ses projets arrêtés : sa parole est mielleuse, ses conseils calculés, ses excitations raisonnées, ses services necessaires, sa trompeuse amitié indispensable ; et ce n'est qu'alors que tous ces éléments de succès ont été préparés et accueillis, que les victimes s'aperçoivent qu'elles n'ont été que les dupes de la haine et de l'astuce. Dresser un plan autrement, c'est n'être qu'un écolier qui doit rester sur les bancs. Or, les Anglais sont maîtres passés et non des écoliers ; aussi est-ce par leurs actes et non par leurs paroles que je vais justifier mes allégations.

Territorialement, par rapport aux autres peuples, l'Angleterre n'est presque rien ; aussi, pour avoir de suite la tranquillité de conception assurée, sa liberté de mouvements et s'exonérer de tout souci des besoins matériels, l'aristocratie anglaise commença-t-elle par se l'adjuger *en totalité*, afin de contraindre le peuple anglais à imiter son exemple et seconder ses vues en s'appropriant le bien des autres peuples, qu'elle lui abandonna généreusement

Tout le sol presque absorbé pour ses châteaux, ses fermes et ses comptoirs, elle transforma le reste en vastes usines, destinées à pourvoir le genre humain et faire produire le peuple qu'elle avait dépouillé, se donnant alors pour mission de l'occuper sans cesse, de le nourrir et de le défendre partout et contre tout.

C'est donc une question vitale pour l'aristocratie anglaise, que ses ateliers fonctionnent sans cesse, que le peuple n'ait jamais le temps de réfléchir ; aussi salue-t-elle avec satisfaction toutes les révolutions qui éclatent comme interruptrices des progrès acquis, les vrais auxiliaires de ses intérêts, et ne craint elle rien tant qu'une paix prolongée qui développe l'industrie et engendre les marines.

Napoléon avait bien compris que la force et la faiblesse de l'Angleterre gisaient bien plus dans ses mécaniques que dans ses vaisseaux; aussi fit-il de suprêmes et héroïques efforts pour les arrêter par un blocus continental qui annihilât son industrie.

Mais ce que Napoléon ne put faire, malgré son génie et sa puissance, deux autres ennemis : *la paix et la vapeur*, bien plus terribles que lui pour les Anglais, ont continué son œuvre en formant autour de l'Angleterre le blocus continental de l'industrie, qui tous les jours la resserre de plus en plus dans ses étreintes. C'est à ces deux ennemis qu'aujourd'hui l'aristocratie anglaise veut échapper et que depuis longtemps elle se prépare à combattre.

En effet, par la paix :

L'industrie se développe, tous les peuples que l'Angleterre approvisionnait auparavant s'apprennent à fabriquer les produits dont elle les fournissait, en sorte que, de développements en développements obtenus par la paix, tous les peuples, auparavant tributaires, sont parvenus non-seulement à se passer des produits similaires de l'Angleterre, mais encore à pouvoir lui faire concurrence.

Les produits de l'industrie se multipliant, les instruments d'échange se multiplient également et les marines marchandes s'accroissent.

Les marines marchandes constituées, les marines de guerre sont obligées de suivre leur accroissement, afin de les protéger, en sorte que, de paix en industrie, d'industrie en développement et de développement en progrès, le blocus continental de la paix se resserre de plus en plus tous les jours autour de l'Angleterre, en même temps qu'il élargit pour les autres peuples la sphère étroite qui les enveloppait, pour les doter d'un horizon qui s'élargit sans cesse et s'illumine de plus en plus,

L'aristocratie anglaise connaît depuis longtemps l'ennemi qui la presse et menace de l'étouffer. Aussi, depuis longtemps a-t-elle essayé de le combattre et va-t-elle actuellement faire tous ses efforts pour en triompher *en faisant appel aux coalitions pour arriver à la perturbation* et détruire les marines qui lui font obstacle ; menacée qu'elle est de perdre la moitié de sa force actuelle, si elle continue à temporiser jusqu'à l'ouverture du canal de Suez, qu'ainsi elle empêchera d'abord, au lieu d'avoir à s'y opposer ensuite, seule contre tous.

Pour prouver mes allégations, passons les événements en revue.

En 1840, lord Palmerston veut déjà commencer et ameute de nouveau l'Europe contre la France ; mais celle-ci n'ayant alors osé répondre à ses provocations, il modifie son plan, en voyant que la Russie est presque aussi forte que nous dans la Méditerranée, mais que ce nouvel ennemi sera pour lui bien plus difficile à combattre, ami qu'il est du Sultan qui lui fermera les portes du Bosphore en cas de collision, et les ouvrira au contraire à son adversaire.

Il change aussitôt de tactique et prépare alors la désunion des deux amis pour s'allier avec l'un d'abord et combattre l'autre ensuite.

La Turquie est un peu faible ! Palmerston la trouve à l'extrémité et en félicite la Russie, à qui il prédit son héritage. Il sait qu'il sera compris à demi-mots et que la maladie empirera ; mais il sait aussi qu'il arrivera assez à temps pour sauver le malade qui implorera ses soins, et que, se posant en vengeur, il pourra alors anéantir l'ennemi qu'il redoute.

Les événements s'accomplirent comme ils avaient été préparés.

La flotte russe de la mer Noire détruite, l'Angleterre repensa alors à nous et résolut de nous combattre en employant les mêmes moyens que ceux qui lui avaient réussi.

L'Angleterre avait fait commettre cent fautes à la Russie en lui permettant tout bas de prendre Constantinople ; elle fut assurée de faire faire mille imprudences à l'Autriche en lui promettant Gênes, pour la décider à assumer la responsabilité de la conflagration et lui laisser le temps de choisir à son gré son vent et son soleil avant de fondre sur nous.

Sa conduite en conséquence a donc dû être celle-ci :

A peine Sébastopol enlevé d'assaut, l'Angleterre (comme la chatte entre l'aigle et la laie en gésine qu'elle fait périr d'inanition toutes deux en leur persuadant isolément qu'elles veulent mutuellement se dévorer leurs petits) a dû venir aussitôt complimenter la Sardaigne sur sa bravoure et la remercier avec effusion de son glorieux concours, tout en s'apitoyant avec habileté sur le sort immérité de l'Italie qu'elle aura feint de prévoir lui être réservé par l'Autriche.

De là des craintes soulevées, mais aussi des espérances données et des secours ultérieurs promis.

Puis :

Sous prétexte de ménager la susceptibilité de la France, sa valeureuse et magnanime alliée, l'Angleterre aura alors engagé le Piémont (en lui recommandant de taire ses promesses) de solliciter la protection de la France et de lui faire demander la sienne, sachant bien à l'avance que celle-ci ne refuse jamais son secours aux opprimés ni ses boulets au despotisme ; mais, calculant qu'en agissant ainsi elle pourrait se poser ensuite vis-à-vis de l'Autriche en débiteur surpris qui, ne pouvant nier sa dette, la reconnaît hautement et fait mille promesses qu'il se garde bien de tenir ensuite une fois échappé.

Ce n'a donc pu être, selon moi, qu'en conséquence d'une protection promise d'abord isolément, demandée et obtenue ensuite d'une manière collective, que la Sardaigne a pu venir exprimer ses justes craintes et faire appel, *en présence de l'oppresseur*, à la pitié et à la justice de l'Europe pour l'Italie, et en conséquence également des engagements pris envers elle, que le représentant de l'Angleterre les a déclarés alors *dignes d'être pris en considération*.

L'étonnement, la surprise, les plaintes et les reproches contenus que M. de Cavour n'a cessé de manifester, depuis le commencement du différend, en s'adressant à l'Angleterre qu'il voyait oublier ses promesses, sont plus que suffisants pour faire apprécier que la conduite de la Sardaigne au congrès n'a été que le commencement de la mise en scène d'une action préparée pour conduire à un dénouement que ne connaît pas l'acteur et que l'inquiétude gagne.

La crainte et l'espérance suscitées chez la Sardaigne, l'habile chatte anglaise a aussitôt grimpé en silence vers l'Autriche, chez qui elle aura également jeté l'effroi, et dont elle aura cherché alors à capter la confiance : en lui jurant ses grands dieux qu'elle n'avait cessé au fond d'être son amie, malgré les nuages qui avaient obscurci momentanément leur alliance et qu'avaient soulevés sa sécurité menacée, mais qu'aujourd'hui, libre d'inquiétudes, elle revenait vers elle pour ne plus la quitter et ressouder leur antique amitié.

Elle lui aura aisément persuadé que la conduite récente, tenue par elle à son égard et qui pouvait lui paraître hostile, n'avait eu d'autre mobile que celui de sa conservation, en lui faisant dévoiler par ses ennemis eux-mêmes les trames ourdies contre elle.

Inventant et brodant alors sur les projets de ses ennemis, elle aura affirmé que la France et la Sardaigne avaient juré son expulsion d'Italie ; qu'en conséquence, il fallait les prévenir en fondant sur eux la première, *lui promettant son concours aussitôt la lutte engagée*, et en lui octroyant alors, comme preuve de sa sincérité et de sa haine, pour leurs ennemis communs, l'autorisation d'étouffer le Piémont et de s'emparer de ses dépouilles.

Puis :

Ces conseils donnés, la bienveillante et sensible chatte a sauté légèrement sur la cime de ses rochers où elle attendra patiemment, *jusqu'à l'hiver*, l'affaiblissement de ses ennemis et l'*affermissement des glaces* de la Baltique avant de se jeter sur eux.

En effet, depuis :

N'a-t-on pas vu l'Autriche communiquer avec frayeur toutes ses craintes à l'Allemagne, appeler de tous côtés au secours, renforcer ses armées d'Italie, contracter des emprunts et se ruer à l'improviste sur le faible ennemi qu'elle feignait de redouter.

Est-ce que, aussitôt le congrès de Paris terminé, l'Angleterre qui, jusque-là, avait toujours marché avec nous, ne nous a pas aussitôt abandonnés pour suivre l'Autriche, qu'elle a constamment soutenue ensuite dans toutes ses prétentions relatives aux principautés et à la navigation du Danube ?

Est-ce que son ambassadeur à Constantinople, lord Redcliffe ne nous a pas constamment ensuite été hostile ?

Est-ce que, depuis cette époque, elle n'a pas tous les jours, dans ses journaux, dénoncé avec une feinte terreur à toute l'Europe les prétendus projets ambitieux de la France ; fait des comparaisons rétrospectives pour prouver que Napoléon III ne s'était donné pour mission que de reprendre les projets de son oncle en commençant par la conquête du Rhin et finissant par le sac de l'Angleterre, afin

2

d'exciter tous les peuples à s'armer contre nous, et à commencer eux-mêmes l'agression pour prévenir la nôtre ?

Est-ce que pour joindre l'exemple aux exhortations et prouver la véracité de ses craintes, l'Angleterre n'a pas immédiatement formé de nouvelles milices, armé et hérissé ses côtes de canons, lancé de nouveaux et nombreux vaisseaux, rappelé et réuni ses flottes ?

Est-ce qu'à Wolwich on ne travaille pas nuit et jour à la fonte de nouveaux canons et de nouveaux projectiles ? Est-ce que tous les jours on n'essaye pas à Londres les nouveaux agents de destruction que la science invente et dont elle nous fait connaître les résultats avec ostentation ?

Est-ce qu'au banquet *de la Taverne de Londres* (20 mai), *le lord maire* n'a pas hautement déclaré que tous ces préparatifs n'avaient d'autre but que de pouvoir parler ensuite *avec éloquence* aux adversaires qui sont aux prises le jour où *toutes leurs forces seraient épuisées ?* Est-ce que le même lord-maire n'a pas annoncé au monde entier que : quel que soit le résultat de la lutte engagée, *ce ne sera que le commencement de la fin ?*

Dans quel but l'Angleterre feint-elle donc ces vaines terreurs, suppose-t-elle ces projets ambitieux et fait-elle tous ces préparatifs, est-ce pour se défendre ou pour attaquer ?

Je réponds sans hésitation que *c'est pour attaquer*, et que la guerre qui nous est suscitée en Italie n'est que le prologue du drame sanglant que l'Angleterre a préparé et qui commencera ensuite.

A quelle personne logique et sans prévention pourra t-elle persuader que la France, au sortir d'une guerre qu'elle s'est hâtée de terminer avec le plus grand désintéressement, aussitôt que l'honneur le lui a permis, puisse avoir eu la pensée, sans *aucune préparation justificative préalable*, de se jeter sur l'Allemagne qui est brave et compacte, à reprendre la Belgique que la France a refusée en 1848, à reconquérir l'Espagne qui ne s'est jamais laissé dominer, et à se ruer sur l'Angleterre, qui jusqu'ici a été inabordable ?

A qui pourra-t-on faire accroire également que le Piémont, sans défense, ait jamais pu avoir l'idée folle et burlesque de vouloir, avec toutes ses forces réunies de 80,000 hommes, attaquer un ennemi qui en avait 200 mille, protégé par de nombreuses places fortes et qui, depuis quarante ans, prépare son champ de bataille en Italie ?

A qui pourra-t-on faire accroire encore que l'Angleterre, qui a fait trembler la Russie, puissante, riche, et que ses peuples ont défendue avec courage et affection, n'ait pas même pu intimider l'Autriche divisée et aux abois ?

Si les craintes de l'Angleterre sont chimériques, quel but s'est-elle donc proposé en les exprimant ?

D'interrompre la paix d'abord et celui de nous susciter partout des ennemis, comme elle en a l'habitude, lorsqu'elle veut attaquer un adversaire, qu'elle n'aborde jamais seule, afin d'essayer de *détruire notre marine et de prendre l'Algérie* qu'elle convoite depuis longtemps.

C'est ce que je vais démontrer.

MOYENS PRÉPARÉS PAR L'ANGLETERRE POUR RAFFERMIR SA DOMINATION
MENACÉE PAR LA PAIX.

L'Angleterre, je le répète, n'a toujours qu'un seul but: celui de détruire les marines de tous les peuples aussitôt qu'elles se développent, afin de pouvoir anéantir leur commerce quand il lui fait concurrence.

La destruction des flottes hollandaises, espagnoles, portugaises, françaises, turques et celle partielle et récente de la Russie ne justifie que trop mes assertions.

Si l'Angleterre en 1841 s'est contentée de nous humilier sans chercher alors à brûler nos vaisseaux en nous forçant malgré nous au combat c'est qu'elle avait son but, et que notre perte aurait été alors pour elle *une faute politique*, en ce qu'elle eût laissé la Russie maîtresse de la mer Noire et libre de pouvoir ensuite écraser la Turquie sans pouvoir s'y opposer, tandis qu'en nous faisant épargner et sentir seulement le poids de son influence, elle était sûre de nous faire comprendre l'importance de son alliance et certaine d'obtenir ensuite notre coopération pour attaquer la Russie dont elle projetait déjà la perte.

Mais aujourd'hui que l'Angleterre a brisé l'alliance de la Turquie et de la Russie qui pouvait braver sa haine et ses menaces au fond de la mer Noire, aujourd'hui qu'elle sait qu'aucun secours et aucun refuge n'existe plus de ce côté à ceux qu'elle voudra poursuivre ; elle va compléter son œuvre en cherchant à détruire nos vaisseaux et à s'emparer de l'Algérie.

Voici quels sont ses plans et ses calculs :

Le seul adversaire qui reste à l'Angleterre est la France, qu'elle sait courageuse et puissante.

Avant de l'attaquer, elle commencera par la calomnier et faire calomnier par ses journaux et ceux de l'Autriche, sa crédule alliée, afin de lui susciter le plus d'ennemis possible, en réveillant les haines éteintes; elle l'engagera ensuite dans une guerre interminable avec l'Autriche qui s'y prépare depuis quarante ans, *en lui permettant de s'emparer des portions de l'Italie qu'elle convoite*, et l'assurant de son concours pour éloigner ainsi d'elle-même, en les engageant à une extrémité opposée, les forces que la France pourrait diriger contre elle lorsque commencera son aggression.

Une fois la lutte engagée: l'Angleterre attendra la complication des événements pour entraver les mouvements *ou neutraliser les victoires* de la France, sûr que bouillant de colère et frémissant d'indignation, celle-ci voudra que justice ait son cours. C'est alors que l'Angleterre se déclarera offensée, viendra aussitôt prendre part à la lutte et *descendra avec toutes ses flottes dans la Méditerranée* pour écraser la nôtre en nous mettant entre deux feux, n'avoir que la moitié de notre marine à combattre et couper notre armée d'Italie qu'on ne pourra alors ravitailler qu'en gravissant *les Alpes couvertes de neige.*

Une fois son œuvre de destruction accomplie et l'Afrique aujourd'hui dépourvue de ses défenseurs, séparée de la mère-patrie qui ne pourra a secourir : l'Angleterre l'inondera de ses troupes qui attendront patiemment que la famine ou le manque de munitions contraigne les nouvelles recrues inacclimatées à déposer les armes.

L'Angleterre aura alors réalisé ses patientes espérances, et pour cinquante ans au moins redeviendra la reine et la dominatrice de l'Univers.

Tel est le plan que l'Angleterre s'est tracé.

Tout a été préparé de longue main pour cette nouvelle mise en scène.

Le ministère Derby, favorable à l'Autriche et qui jetterait de l'odieux sur la conduite ultérieure de l'Angleterre, engagera la querelle et *durera jusque-là.*

Lord Palmerston *lui succédera ensuite* avec mission d'écraser la marine de la France et d'isoler celle-ci en promettant la liberté à *l'Italie tout entière*, et se déclarant lui-même contre l'Autriche qu'elle fera assaillir en Hongrie par Kossuth, à qui, dans son dernier banquet, elle vient de promettre sa réintégration, et *par ses légions italiennes qu'elle organise au grand jour et lancera sur Naples et les États de l'Église*, réalisant ainsi la dernière prophétie du lord-maire à la taverne de Londres : *Que la guerre actuelle, quelle qu'en soit l'issue, n'est que le* COMMENCEMENT DE LA FIN.

La guerre contre la France par l'Angleterre, qui entraînera avec elle la Confédération *protestante germanique,* sera présentée à l'Europe comme nécessité pour sauvegarder les libertés civiles et religieuses menacées par l'ambition des puissances catholiques et prévenir, *en lui substituant le sien,* le prétendu partage de l'Europe projeté et proposé à la Russie par Napoléon Ier.

Ainsi engagée au moment opportun, la guerre présentera à l'Angleterre un quintuple bénéfice :

Le premier, celui d'anéantir, (si elle le peut), la marine de la France ;

Le second de se débarasser de deux ennemis qu'elle déteste autant l'un que l'autre, ne voulant pas plus des Autrichiens à Venise, Gênes ou Livourne, qu'elle ne veut des Français dans la Méditerranée ;

Le troisième, d'interrompre les progrès de l'industrie et de redevenir la paisible pourvoyeuse de l'univers ;

Le quatrième, d'arrêter le percement de l'isthme de Suez qu'elle ne permettra jamais tant qu'elle sera la reine des mers ;

Le cinquième, de *reculer pour un temps indéfini son bill de réforme* que la paix a enfanté et dont la guerre la débarrassera.

Si la France, comme on le voit, n'a aujourd'hui aucun intérêt à faire la guerre, il n'en est pas de même de l'Angleterre : *cui prodevit !*

Tel est, suivant moi, le plan que l'Angleterre s'est tracé et qu'elle se dispose à exécuter.

Vous êtes fou, va-t-on me crier de toutes parts !

Est-ce qu'on avale la marine française comme une dragée ?

Est-ce que la flotte de Cherbourg se croiserait les bras pendant que celle de la Méditerranée se battrait ?

Est-ce que la Russie, *qui serait ensuite menacée du même sort,* ne se hâterait pas de se joindre à nous ? etc., etc.

Ce à quoi je réponds :

L'Angleterre a une manière toute particulière de faire la guerre. Le jour où elle viendra nous la déclarer, elle fera comme l'Autriche : *elle sera toute prête et fondra sur nous instantanément.*

La flotte de la Méditerranée sera à son poste et au grand complet à Malte.

Celle du canal, plus nombreuse, qui, jusque là, aura fait semblant de surveiller Cherbourg, *filera comme une flèche dans la Méditerranée*, dont elle fermera la porte en en jetant les clefs dans Gibraltar.

Tous nos vaisseaux de la Méditerranée ne formant au plus que la moitié de notre force, dispersés sur les côtes d'Italie ou dans la Méditerranée, seront attaqués isolément ou conjointement pour en terminer plus vite.

Pendant ce temps-là, la flotte de l'Océan cherchera vainement un ennemi à combattre, et ne trouvant personne, accourra, il est vrai, à la Méditerranée, mais on lui criera de Gibraltar : on ne passe pas !

Alors, me dira-t-on, nous ferons une descente en Angleterre !

Pas tout à fait ! car c'est bien ce sur quoi la chère Albion a compté et ce à quoi elle a voulu parer en fortifiant ses côtes depuis trois ans.

Jamais, qu'on le sache bien, l'Angleterre n'exécute un plan à la hâte et sans mûrir ce qu'elle veut faire. Le projet de nous dépouiller de nouveau, il y a vingt ans qu'elle le médite et qu'elle aurait pu l'exécuter, mais notre Algérie n'était pas assez présentable pour elle; elle a mieux aimé attendre patiemment que nous ayons fini de la débarbouiller et de la bien attifer. Aujourd'hui qu'elle la trouve à son gré et suffisamment séduisante par ses grâces naturelles, elle va se donner la peine de nous la ravir sans attendre que nous l'ayons endimanchée de l'élégante crinoline de chemins de fer que nous lui destinons.

Est-ce que ce n'est pas toujours ainsi que l'Angleterre a procédé pour nous débarrasser de nos Indes ! du Canada ! et de toutes nos colonies ?...

La flotte de l'Océan pourra bien essayer une descente qui, en la supposant effectuée, *n'aboutirait à rien*, obligée qu'elle sera alors de regarder constamment en arrière pour faire face enfin et engager la lutte contre toutes les forces anglaises réunies. Or, en supposant effectuée une descente même de cent mille hommes, il est permis de supposer qu'ils ne seraient pas tout à fait suffisants pour s'emparer de l'Angleterre et se sauver ensuite avec, surtout s'ils avaient la crainte de ne plus trouver de vaisseaux pour se réembarquer.

L'Angleterre ensuite a bien compté sur cette fantaisie innocente de la France qui voudra se la passer en bondissant de colère aussitôt que nous connaîtrons ses desseins, aussi ce désir entre-t-il dans ses plans pour nous tenir enfermée à Cherbourg notre flotte de l'Océan, qu'*elle verrait avec bien du souci entrer dans la Méditerranée*.

Ainsi donc, comme on le voit, toute descente en Angleterre, *sans la défaite préalable de la flotte anglaise* qu'on ne peut espérer qu'en ayant dans chaque mer *une marine égale à la sienne*, n'amènerait aucun résultat favorable, et de semblables descentes peuvent s'exécuter tous les jours à moins de frais en prenant simplement le chemin de fer et payant sa traversée.

Quant à la marine russe, elle ne pourra nous prêter main forte en temps utile, attendu toujours qu'en vertu de son mode particulier de se battre, l'Angleterre aura eu soin, avant de crier : gare ! d'aller avec la marine scandinave, à laquelle elle fait des yeux doux si passionnés depuis quelque temps, se poster à l'entrée des détroits de la Baltique, ou bien à Copenhague (à laquelle elle promettrait, en cas d'opposition, une seconde représentation de 1807), pour attendre les vaisseaux russes et leur demander leurs passeports.

Est-ce que l'Angleterre aura même besoin de se donner tant de soucis et ne sera pas assez patiente pour se tenir pelotonnée, calme, bénigne, les griffes rentrées et les yeux à demi-fermés (comme la chatte qui guette le lait qu'elle convoite), afin d'endormir par ses déclarations réitérées de neutralité, ses meetings de la paix, ses protestations d'amitié, ses rons-rons d'indignation contre l'Autriche, la surveillance de ses candides ennemis *jusqu'à ce que la Baltique soit gelée* et retienne les vaisseaux russes empêtrés dans les glaçons ?

Apprécier autrement la conduite de l'Angleterre, qui depuis la prise de Sébastopol nous a aussitôt été hostile, qui travaille nuit et jour à s'armer jusqu'aux dents, qui vient de prendre à son commerce tous ses marins pour les mettre sur ses vaisseaux, qui n'a pu avoir aucun ascendant sur l'Autriche, qu'elle ferait rentrer à cent pieds sous terre en la menaçant seulement d'aller se promener à Venise, qui cajole la Norwège, la Suède et la Prusse en leur promettant les bonnes grâces de sa société biblique ; qui cherche à endormir le sultan pour lui dérober pendant son sommeil les clefs de la mer Noire, qui a si bien manœuvré jusqu'à ce jour d'affirmations en protestations, de protestations en soupirs et de soupirs en serments , qu'elle nous a déjà déterminé à dégarnir de ses défenseurs intrépides, *l'Algerie qu'elle convoite* ; c'est se préparer de cruelles déceptions et vouloir verser des larmes de sang que la rage et la honte nous forceront peut-être encore à aller essuyer ensuite avec le manteau des rois.

Tel est, selon moi, l'orage qui se prépare si nous ne nous hâtons de dissiper l'électricité qui s'accumule. Heureux, mille fois heureux, si je ne suis qu'un faux prophète et non un Jérémie en répétant de nouveau : GARE A NOS VAISSEAUX ! GARE A L'ALGÉRIE !

Q'y a–t-il à faire ?

Telle est la question qu'il faut poser actuellement et qu'il sera facile de résoudre.

Il faudra :

1° Puisque l'Angleterre nous a appelé à son secours pour l'aider à sauvegarder sa suprématie maritime, la prier sérieusement de nous rendre le service que nous lui avons prêté en se joignant à nous pour faire rendre la justice promise par elle et nous à l'Italie ;

2° En cas de refus qui sera caractéristique et nous servira de protêt pour ses dettes envers nous, prouver à l'Europe, *en faisant descendre immédiatement toute notre flotte de l'Océan dans la Méditerranée*, que l'Angleterre, comme tous les mauvais débiteurs, n'a fait que nous calomnier pour ne pas payer ses échéances, quittes que nous serons alors, de reconstruire une autre flotte plus nombreuse sur l'Océan pour les grééments de laquelle tous les Français donneront alors jusqu'à leur dernière chemise ;

3° *Battre immédiatement l'Autriche* et lui *proposer la paix ensuite en lui laissant ses ports de l'Adriatique*, mais en exigeant la liberté de toute l'Italie, afin de ne pas la mettre dans l'alternative ou d'étouffer chez elle, ou de se faire tuer jusqu'au dernier pour conserver ses vaisseaux ; lui démontrant qu'elle n'a été que *la dupe de l'Angleterre* qui la déteste autant que nous et qui compte sur sa succession pour en doter la Prusse, sa fiancée, qui ne demande pas de Méditerranée. (1)

En cas de refus, délivrer d'abord le Piémont, fortifier ses positions, se tenir sur la défensive et supplier Napoléon de revenir surveiller nos ennemis qui comptent sur son absence ;

4° Faire de suite un traité d'alliance offensive et défensive avec la Russie en la priant de faire *descendre immédiatement sa flotte de la Baltique à Cherbourg* ; dénoncer hautement ce traité à toute l'Europe ; engager toutes les puissances maritimes de second ordre à se joindre à nous, en démontrant à la Norwège, à la Suède et au Danemark qu'elles n'ont rien à redouter de la Russie dont toutes les conditions d'existence *sont aujourd'hui sur la mer Noire*, tandis qu'elles auront tout à redouter ensuite de l'Angleterre qui les anéantira pour s'emparer de leurs détroits et étouffer la Russie qui seule lui restera d'ennemis ;

5° Renvoyer toutes nos troupes algériennes en Afrique et les approvisionner pour deux ans ;

6° Faire porter par les chambres à un milliard ou quinze cents millions, l'emprunt de cinq cents millions qui est couvert pour deux milliards, attendu que nous en aurons besoin.

---

(1) On doit comprendre aujourd'hui quelle joie immense le traité de Villafranca m'a procurée, et que si quelqu'un en France a, ce jour là : Jubilé avec fracas, frappé à toutes les portes, tiré la queue aux chiens, bousculé les marchandes de navets, salué tous les diplomates de carton éplorés, demandé son chemin en anglais aux marchands de coco, sauté à la corde, joué au cerceau avec la marmaille Bonne-Nouvelle, et qui se soit enfin payé, pour compléter son bonheur, un splendide pied d'animal truffé,

Que ce fut assurément votre serviteur !!!

Quelle superbe mouche du coche je faisais ce jour-là !!!

Comme je me hâtai d'écrire à monsieur Delamarre (propriétaire de la *Patrie*), à qui, *quinze jours* auparavant, j'avais communiqué mon travail, que je le priais de publier, en lui disant, je crois :

Eh bien ! la seule paix que je prévoyais possible de faire, vient d'être conclue !

Vous rappelez vous, *mon cher monsieur*, que dans le travail que j'ai eu l'honneur de vous soumettre, je disais à la fin :

« Qu'y a-t-il à faire maintenant ?

» 3° *Battre* immédiatement l'Autriche, et *lui proposer la paix* ensuite, EN LUI LAISSANT » SES PORTS DE L'ADRIATIQUE, mais en exigeant *la liberté de toute l'Italie*, pour ne pas » la contraindre, soit à étouffer chez elle, soit à se faire tuer jusqu'au dernier pour conserver ses vaisseaux, lui démontrant qu'elle n'a été que la DUPE DE L'ANGLETERRE qui » la déteste autant que nous, et compte sur sa succession pour en doter la Prusse, sa » fiancée, (j'aurais dû dire sa bru), QUI NE DEMANDE PAS DE MÉDITERRANÉE. »

Voilà, monsieur, la paix que j'indiquais ! Vous voyez qu'on l'a faite !

Je finissais, je crois, honteux de mon premier excès de politesse par cette phrase laconique :

Je vous salue,

BOBOEUF.

Pourquoi faut-il que cette satisfaction si pure se soit évanouie et que de noirs pressentiments viennent aujourd'hui m'assaillir de nouveau ?

C'est qu'il est évident pour moi que non-seulement l'Angleterre n'a point abandonné ses projets, mais qu'après les avoir modifiés et coordonnés de nouveau avec plus de logique, elle va en hâter l'exécution, qui en est *très prochaine*, en précipitant de nouveau l'Autriche sur le Piémont pendant l'organisation des trop hâtives conquêtes *qu'elle même lui a faites* et la contraint actuellement d'organiser, *afin de l'affaiblir*.

Voilà, à mon avis, ce qu'il y aura à faire, sans perdre une minute, si l'on ne veut encore être pris au dépourvu.

M'écoutera-t on ?

Enghien, le 18 mai 1859. (1)

BOBOEUF.

Telles sont les prévisions et les craintes que la guerre d'Italie m'avait fait naître et que les événements qui surgissent aujourd'hui ne font que confirmer, malgré les traités de Zurich et de Villafranca.

Je vais démontrer actuellement que ces traités n'ont été qu'une halte forcée imposée à l'Angleterre qui, en trouvant inopinément barrée la route qu'elle voulait parcourir, s'est aussitôt hâtée de rebrousser chemin, pour revenir à son but, par d'autres voïes et sentiers opposés.

C'est ce que je vais démontrer.

TRAITÉ DE VILLAFRANCA.

Le traité de Villafranca a-t-il modifié en quoi que ce soit les projets arrêtés de l'Angleterre ?

Nullement, attendu qu'une *déception* n'a jamais été l'équivalent d'une *satisfaction*.

Ce traité n'a fait qu'accroître sa haine contre nous. Voilà tout.

C'est un *mat étouffé*, qu'après la prise d'un de ses fous, *Napoléon* lui a fait subir à l'improviste, avant qu'elle ait eu le temps de le soutenir, mais qu'elle a attribué au hasard.

Elle a aussitôt remis ses pièces en place et commencé la revanche en saluant le vainqueur de ses sarcasmes.

Chacun des joueurs médite et s'observe donc actuellement avec la plus grande attention, car il s'agit pour l'un de réparer se défaite et de rétablir sa supériorité compromise, et pour l'autre de justifier sa victoire en remportant de nouveaux succès; aussi cette seconde partie est-elle pour les deux antagonistes la plus émouvante de toutes celles

---

(1) Pour ceux qui pourraient supposer que cette date n'est pas réelle ou que mes prévisions d'alors aient été depuis calquées sur les événements accomplis : ils pourront se convaincre du contraire, car : le 22 mai 1859, j'ai envoyé une copie de mon travail à M. le duc DE LAROCHEFOUCAUD DOUDEAUVILLE, (que je n'ai jamais vu et qui ne me connaît pas autrement, mais que je savais avoir les mêmes sympathies anglaises que moi), qui a bien voulu le 1er juin m'adresser une lettre bienveillante et flatteuse à ce sujet, et que j'ai conservée.

Du 3 au 15 juin, M. Delamarre, propriétaire de la *Patrie*, a eu ensuite mon manuscrit entre les mains et me l'a rendu alors.

J'en ai donné ensuite également une copie à M. le commandant RAGON, alors aide de-camp de *S. A. I. le Prince* NAPOLÉON, aujourd'hui lieutenant-colonel, qui l'a encore en sa possession.

qu'ils aient jamais engagée, et l'Angleterre semble-t-elle dès le début faire appel à toute sa science d'embûches la plus exercée.

Le but que s'était proposé l'Angleterre en précipitant l'Autriche sur le Piémont était, comme je l'ai dit, de nous attirer en Italie et de nous faire attaquer *pendant l'hiver* par toute l'Allemagne qu'elle se disposait déjà à y faire desendre en même temps qu'elle se serait précipité sur notre marine pour l'anéantir.

Ses calculs (si tant est qu'on puisse en établir d'approximatifs en cherchant à apprécier l'énergie que la France peut deployer) avaient été faits avec une probabilité relative assez exacte.

Elle avait estimé que pour reprendre d'abord à l'envahisseur les possessions enlevées au Piémont, un espace de temps d'au moins trois mois serait nécessaire aux Français, en les supposant vainqueurs.

Cette hypothèse toutefois était admise par elle, mais elle mesurait alors avec empressement tous les flots de sang qui devaient jaillir du choc impétueux de deux ennemis aussi puissants et aussi acharnés et jouissait à l'avance de l'affaiblissement de ses ennemis qu'elle voulait laisser ensemble aux prises le plus longtemps possible.

Le Piémont repris, l'Angleterre avait supputé que *quatre autres* mois nous seraient au moins nécessaires ensuite pour pouvoir acculer et enfermer les Autrichiens dans leur quadrilatère à l'entour duquel elle espérait nous trouver alors occupés à activer le feu de nos bivouacs ; car :

Elle avait compté tous les ruisseaux, les rivières et les fleuves à traverser sous les balles homicides ;

Sondé les mines de tous les ponts et passerelles à faire sauter et rétablir ensuite sous le feu de la mitraille ;

Mesuré tous les monticules, toutes les collines et toutes les montagnes abruptes que depuis quarante ans les Autrichiens avaient transformés en volcans impatients d'éclater et de vomir la destruction, et, ces calculs établis, elle savait :

Que réunissant alors en monceaux tous les cadavres épars à travers les moissons souillées, elle serait montée sur ce piédestal sanglant pour appeler l'Allemagne au secours de l'agresseur écrasé, et que joignant alors l'action à la parole, elle aurait prêché d'exemple en se précipitant sur nos vaissaux épars avec ses flottes réunies.

Tels étaient les calculs de l'Angleterre et telles sont les combinaisons que le traité de Villafranca a fait échouer.

Comme on le voit :

Le traité de Villafranca a donc été, selon moi, un acte diplomatique de la plus haute sagesse.

Qu'on se rappelle, pour juger de sa valeur, du dépit non déguisé qu'a fait éclater l'Angleterre en apprenant sa conclusion !

Qu'on se rappelle la fureur avec laquelle elle injuriait alors l'Autriche qu'elle conseillait d'écraser et de noyer dans l'Adriatique.

Qu'on se rappelle sa colère de ce qu'au lieu de s'acharner à la perte de son ennemi, Napoléon lui avait tendu une main bienveillante pour l'aider à se relever !

J'avoue, que si tous ces projets attribués par moi à l'Angleterre sont chimériques, je ne suis alors qu'un vrai petit Machiavel de qui l'aristocratie britannique devrait bien prendre des leçons pour se fortifier.

En présence de faits acquis semblables, est-il supposable maintenant que l'Angleterre ait alors abandonné ses projets?

Non ! car :

Je vais démontrer que la prétendue coalition, qui se forme aujourd'hui contre nous, est encore fermentée par elle, et que pour les avoir ajournés, l'Angleterre n'a fait qu'amplifier ses projets et centupler ses embûches ; Décidée qu'elle est cette fois, pour ne plus éprouver de déceptions, à faire commencer LA LUTTE EN HIVER par l'Autriche, qui se reprécipitera sur le Piémont. L'Angleterre cherchera en outre à nous faire décupler nos secours à la Syrie *qui s'agitera de nouveau*, afin de disséminer nos forces, dans l'espérance de pouvoir plus facilement les détruire (1).

C'est ce que je vais prouver.

§ II.

NOUVEAUX PROJETS DE L'ANGLETERRE.

De tous les peuples de la terre, l'Anglais est assurément celui qui, lorsqu'il s'agit de domination à imposer, déploie la plus vaste conception d'idées, qui met le plus de tenacité pour arriver à l'exécution de ses projets, perd le moins de temps à s'encenser ou à chanter victoire, et celui surtout qui se lamente le moins s'il échoue dans ses conceptions.

S'il triomphe : il s'enferme sans bruit chez lui et danse silencieusement en famille en étreignant ses poches pleines de guinées pour en amortir le bruit et ne pas exciter la jalousie ou la cupidité.

Dans le cas contraire : il calcule les résistances rencontrées et cherche froidement la somme de forces nouvelles à rajouter pour en triompher.

Il double ou triple alors, s'il a été arrêté par erreur de calcul, la puissance de celles primitivement employées par lui ; tandis que, s'il a échoué par la force irrésistible d'événements imprévus, il reprend ensuite ses projets interrompus avec une nouvelle ardeur : semblable à la patiente araignée dont l'ouragan, ou la rapide abeille détruit inopinément la toile ; mais qui, aussitôt après leur passage, redescend promptement de son antre caché par le fil conducteur qu'elle seule peut parcourir, pour rattacher ses fils brisés ou tendre de nouveaux tissus avec plus de solidité.

Telle a été la conduite de l'Angleterre après la paix de Villafranca, et tel est le travail qu'elle s'est aussitôt mise à recommencer en le rétablissant toutefois sur des bases plus solides.

Tout d'abord l'Angleterre avait espéré pouvoir accomplir ses desseins avec l'appui seul de l'Autriche et de la Prusse secondées de toute l'Allemagne, sans avoir recours à l'assistance de la Russie, qu'elle sait mieux disposée pour la France que pour elle, et dont elle n'aurait obtenu le concours qu'au prix de concessions trop pénibles pour elle à accorder ; mais le traité de Villafranca déjoua ses espérances et modifia ses projets.

L'Angleterre changea alors ses plans et intervertit les rôles.

Dans la première lutte, la France remplissait celui de défenseur des droits du faible et le Piémont celui d'opprimé ; elle résolut alors d'assigner à la première celui de violateur avide, et à la Sardaigne celui d'oppresseur inique.

---

(1) Dieu veuille d'abord que notre armée de Syrie ne tombe pas dans les guet-apens qui doivent lui être préparés, et qu'on se gardera bien de lui faire connaître !

Le premier conflit avait pour but avoué ou dissimulé d'acquérir ou d'empêcher une prépondérance rivale et particulière et *avait pour base l'égoïsme.*

L'Angleterre projeta d'asseoir le nouveau, en mettant en péril les droits de chacun, *sur une large question de principes.*

Dans ses premiers desseins, l'Angleterre n'avait point voulu recourir à l'assistance de la Russie pour ne pas lui permettre d'extension convoitée, et bénéficier seule des fruits de la victoire :

Dans le nouveau, elle accédera *momentanément* à ses désirs et lui permettra de s'emparer de la proie qu'elle convoite, quitte qu'elle sera de la lui ravir en la pourchassant ensuite elle-meme comme ravisseur.

Dans ses premiers désirs elle n'aspirait qu'à s'enrichir en s'emparant seule des dépouilles ennemies :

Dans le nouveau, elle admettra au partage tous ceux qui lui prêteront assistance.

Tels sont les nouveaux projets de l'Angleterre, à la réalisation desquels elle a travaillé sans relâche depuis une année et qu'elle espère exécuter incessamment.

Je vais prouver par la conduite de l'Angleterre que loin de la calomnier, je suis peut-être encore en deçà de la vérité.

Aussitôt le traité de Villafranca signé, l'Angleterre s'est hâtée d'invoquer le *principe de non intervention* dans l'intérêt prétendu de l'Italie, mais dans le but réel d'isoler celle-ci de la France d'abord, en contraignant nos troupes d'évacuer son sol et de la laisser seule en face de son ennemi, avec l'intention arrêtée de la faire écraser ultérieurement au nom du même principe qu'elle était sûre de lui faire violer la première.

Dans ce but :

Elle se hâta de stigmatiser de son indignation le traité conclu par la France comme frustratoire des droits de l'Italie, une violation flagrante des promesses et de la parole données.

Eprise alors d'un amour enthousiaste *jusque-là contenu* pour les heureuses victimes délivrées qu'auparavant elle estimait *au dessous d'une guinée et d'une goutte de sang anglais*, elle leur promit son appui et les poussa aux conquêtes, en les excitant, au nom du salut commun, à prendre ou à envahir toutes les possessions de ses voisins.

Joignant alors les promesses aux conseils et les faits aux promesses, elle fit aussitôt, pour les seconder, descendre *les légions que depuis si longtemps elle organisait au grand jour* chez elle ; prêta son pavillon, ses vaissaux, ses enfants, ses réfugiés, sa poudre, ses canons, ses fusils, ses baïonnettes, son calicot, sa laine, sa tactique et ses clefs d'or pour ouvrir les forteresses.

Aux observations et aux conseils prévoyants et inquiets de la France, elle fit invoquer les principes de conservation et de sécurité pour les faire rejeter, en les signalant comme dictés par la jalousie ou l'égoïsme, puis : après avoir mis en vive ébullition pour les déformer et réduire en lambeaux : l'amour de la patrie et l'égoïsme, le désintéressement et la cupidité, l'amour de la gloire et celle des honneurs, l'ordre et l'anarchie, le dévouement et la haine, la propriété légale et la rapine, la foi et le doute, la prudence et la folie, elle a servi son brouet homicide à ses inexpérimentées victimes, et les a silencieusement abandonnées ensuite.

L'Angleterre sait que la liberté est comme l'alcool, qu'il faut savoir mitiger et prendre, et qui enivre d'autant plus vite ceux qui la possèdent qu'ils en ont été plus longtemps privés, et que pour débiliter (afin de pouvoir mieux ensuite les spolier) ceux qui viennent de l'acquérir, il ne faut que les exciter et leur en verser à plein verre.

Ses desseins exécutés à l'égard de l'Italie,

L'Angleterre a aussitôt été jeter l'effroi dans le camp des despotes en les faisant trembler pour leurs trônes qu'elle faisait elle-même saper de tous côtés ;

Elle a alors imputé à la France toutes ses méfaits et offert de se joindre à eux pour l'écraser enfin et la faire disparaître.

A tous elle a promis de la leur jeter en curée et de les servir à leur choix ;

A la Russie, qui désire un autre mets, elle a promis de lui donner Constantinople ;

A la Belgique, nos provinces du nord ; — celles de l'est à l'Allemagne ; celles du midi à l'Espagne ; l'Italie à l'Autriche ; la Savoie à la Suisse, etc., etc., ne se réservant pour elle *que nos ports de l'Océan et l'Algérie*, qu'elle a demandé l'autorisation d'augmenter de *toute l'Egypte, de la Syrie et de la Sicile* (1).

Tels sont les projets nouveaux conçus par l'Angleterre, qui, comme je l'ai dit, ne perd jamais son temps à se lamenter, mais s'occupe aussitôt de s'en faire payer la valeur, si elle a été déçue dans ses premières conceptions.

Telles sont les graves questions d'exécution et de partage qui vont se débattre dans les délibérations de Varsovie.

Ces délibérations aboutiront-elles ?

Tous les souverains qui vont se réunir finiront-ils par s'entendre intimement et sans arrière-pensées entre eux ?

Non ! (2).

(1) *Nota.* Pour ceux qui s'imaginent que l'Angleterre a prodigué son or et ses vaisseaux pour donner ensuite gratuitement la Sicile et la flotte napolitaine à S. M. Victor-Emmanuel, qu'ils attendent quelque temps ; ils jugeront ensuite.

(2) Dans un premier travail que je viens de refondre, abordant cette question et voulant donner la justification de ma réponse, je l'avais faite sous une forme excentrique, aimant mieux aussi, comme Figaro, rire tout de suite des choses qui m'attristent que d'être contraint d'en pleurer. Voici (qu'on me pardonne mon irrévérence dans une circonstance aussi sérieuse) comment j'expliquais ma dénégation :

Plus tard, disais-je, je développerai mon opinion négative sur la future entrevue de Varsovie, et démontrerai :

Comme quoi, au sortir de leur réunion en apparent accord parfait,

L'Angleterre aura peut-être peur alors que la Russie ne la laisse ensuite en chemin aussitôt après la guerre commencée ;

Comme quoi aussi la Russie pourra avoir peur qu'après avoir laissé écraser notre marine on ne s'occupe de la sienne à son tour, et que l'Angleterre, la Prusse, la Suède, le Danemarck ne viennent ensuite la prier poliment d'envoyer ses vaisseaux de la Baltique à Palmerston pour les faire blinder ;

Comme quoi en outre elle réfléchira aux promesses de l'Angleterre et pourra craindre qu'elle ne lui offre encore sa petite Byzance au bout d'une fourchette pour l'en frapper de nouveau du manche sur les doigts en la faisant basculer quand elle voudra la saisir ;

Comme quoi l'Autriche, à son tour, aura également peur qu'en donnant ses possessions à garder à des associés peu apostoliques et pas du tout romains, pendant qu'elle s'occupera de régler ses petites affaires avec Emmanuel, ses braves amis ne soient peut-être obligés de les conserver trop longtemps en attendant son retour, et comme quoi cette crainte d'abuser de leur complaisance la fera réfléchir mûrement ; en s'apercevant surtout que la lutte qu'elle est chargée d'enga-

QUE GAGNERAIT L'EUROPE EN RÉALISANT LES PROJETS DE L'ANGLETERRE ?

Toutes conceptions et tous projets, pour être bons, doivent toujours, assurément, et en en supposant la réalisation accomplie, être utiles et profitables à ceux qui les ont formé.

C'est donc sous ce point de vue que je vais examiner, *en les supposant réalisés*, tous les plus secrets désirs de l'Europe absolutiste, qui va se réunir au congrès de Vienne sur l'invitation de l'Angleterre.

Que désirent l'Autriche, la Prusse et la Russie ?

Quelle peut être la dernière limite de leurs espérances ?

La destruction des principes de 89 ;

L'anéantissement et le partage de la France entre elles.

ger sera une *lutte fratricide de toutes les nations catholiques entre elles,* dont tous leurs ennemis attendront l'issue avec ivresse,

Comme quoi la Prusse, de son côté, aura peur de saluer la Russie avec trop de politesse pour ne pas déplaire à l'Angleterre, qui promet de lui donner tout ce qu'elle désire, sans compter ce qu'elle voudra ensuite, à la condition de continuer à se laisser guider par elle et de lui servir toujours de phare dans la Baltique ;

Et comme quoi elle aura également peur de donner des poignées de main trop cordiales à son ami John Bull pour ne pas indisposer le Moscovite, qui n'a pas l'air d'y toucher, mais qui sait très-bien de quoi il retourne, et qui, si l'Angleterre éprouvait malheureusement un échec, pourrait peut-être bien ensuite ne pas la récompenser très-généreusement pour tous les secours qu'elle ne lui a pas prêtés et les services à l'anglaise qu'elle lui a rendus ;

Comme quoi enfin l'Angleterre, l'Autriche, la Prusse et la Russie, après avoir joué chacune en particulier leur petit solo de la peur, exécuteront alors tous ensemble un magnifique chœur de peur, par peur que la France ne leur demande pourquoi ils ont peur et de quoi ils ont peur ; mais qu'en voyant que leur peur vient de la peur qu'ils ont que la France n'aie pas peur de leur peur et ne veuille leur prouver que leur peur est une peur sans peur et pour lui faire peur, ils ne soient obligés de ne plus avoir peur et de mettre, au contraire, des barbes de sapeur pour nous faire peur ; mais qu'alors notre peur ne soit pas la peur que doit faire la peur de barbes de sapeur, et que nous ne les regardions encore sans peur.

Telle est la seconde partie que j'écrirai peut-être bientôt si on ne me fait pas trop peur, et que je commencerai tout de suite en démontrant comme quoi :

1° Si l'Autriche attaque le Piémont dans l'hiver, nous devrons le prévenir de ne pas trop compter sur nous avant le printemps, en le priant de s'arranger de manière à faire patienter jusque-là le plus agréablement possible les Autrichiens ;

2° Si les Turcs et les Druses recommençaient leurs effroyables hécatombes, il ne faudrait pas alors nous charger seuls de leur châtiment, mais faire appel à toute l'Europe civilisée pour fournir *en commun* les vengeurs nécessaires, en priant l'Angleterre de se mettre à leur tête et de les transporter, pour détruire les soupçons assurément injustes qui planent trop sur elle.

Je ne pense pas que ces puissances puissent rien désirer au-delà !
Eh bien !

Supposons un instant que leurs vœux soient accomplis, et que le partage de la France soit effectué, ainsi qu'ils s'amusent à le faire sur leurs cartes, qu'ils colorient avec tant de plaisir et de facilité, et voyons les avantages qui en résulteraient pour chacun des copartageants.

Pour pouvoir arriver à cette division de la France, il aurait d'abord fallu nécessairement, détruire toutes ses armées et toute la mâle partie de sa population, qui sont assez belliqueuses.

Qui aurait pu obtenir ce résultat ?

Les puissances continentales européennes. (Que de sang ! que de tombeaux par toute l'Europe ! ! !) Et ce ne serait qu'en conséquence de leur concours et de leurs efforts heureux que chacune d'elles pourrait alors prendre possession de la part qui, au préalable, lui aurait été départie.

Mais :

Qui aurait pu détruire la marine de la France ?

L'Angleterre ! soit seule, soit aidée des marines secondaires, qu'elle aurait eu, assurément, le soin de placer toujours devant elle, pour la préserver d'autant et affaiblir en proportion double de la sienne, afin de pouvoir leur être toujours supérieure.

Or, est-il à présumer que l'Angleterre, après avoir permis à chacun de ses associés de se servir et de conserver la part qu'il convoitait, ne se serait pas réservé le meilleur morceau, qu'elle aurait à l'avance retiré pour ne pas en être frustrée : semblable au gourmet officieux qui découpe au festin ?

Assurément !

Que se serait donc réservé l'Angleterre ?

Purement et simplement tous nos meilleurs ports de l'Océan, et notre Algérie, sans compter *l'Egypte et la Sicile* qu'ostensiblement elle aurait à l'avance revendiquées pour elle.

Qu'auraient donc gagné la Russie, l'Autriche et la Prusse ?

Des possessions territoriales d'abord, me répondra-t-on, ainsi que des ports maritimes, savoir : l'Autriche, ceux du Piémont ; la Russie, ceux de la mer Noire, qu'aujourd'hui l'Angleterre leur promet et dont ils auraient bien su s'emparer.

J'admets cette hypothèse qu'il me sera facile de réfuter ensuite, et je viens dire :

Est-ce que la Russie et l'Autriche ne voyent pas, qu'en supposant que ces dépouilles ne leur soient point ensuite contestées, *l'Angleterre serait alors la maîtresse inexpugnable de la Méditerranée*, dont elle ferait une autre Baltique, d'où personne ne pourrait ensuite sortir sans son autorisation, et qu'en cas de contestation ou de concurrence commerciale, elle fondrait de nouveau sur elles *avec toutes ses flottes* pour les écraser à leur tour ; qu'ainsi ils ne pourraient même alors être que les *tributaires craintifs de l'Angleterre*, s'ils ne voulaient pas devenir ses ennemis.

Mais, l'Angleterre ne sera même pas aussi accommodante. Elle sent que ses Indes lui échappent et la ruinent, aussi s'est-elle proposé de transporter aujourd'hui près d'elle toute sa puissance et de se créer de nouveaux comptoirs qu'elle puisse surveiller en regardant de sa fenêtre.

Le but de l'Angleterre aujourd'hui est donc de *s'établir sur toutes les plages de l'Afrique et de l'Asie* pour pouvoir synthéser sa puissance et dominer de nouveau l'univers,

La France anéantie (je continue toujours mon hypothèse), l'Angleterre ferait alors appel de nouveau à la *liberté* pour soulever l'Italie contre l'Autriche et lui retirer ses possessions maritimes ; *unifierait toute la Germanie* sous le sceptre de la Prusse pour l'opposer à la Russie, qu'elle saurait bien forcer à rentrer cette fois et pour toujours dans ses steppes.

Voilà ce que l'Europe gagnerait à l'anéantissement de la France ! ! !

Au lieu de lauriers, des cyprès ! *Au lieu de la domination, l'asservissement !*

Examinons maintenant ce qu'elle gagnerait en renversant cette hypothèse, et en supposant que les rois absolus, au lieu de vouloir les comprimer, laissent au contraire se développer dans de justes et équitables mesures les aspirations des peuples vers la liberté, en en réglementant l'essor suivant les intérêts et les besoins; et que ce soit la puissance maritime anglaise qui soit anéantie.

La Baltique devient une mer libre, et toutes les puissances qu'elle borde écoulent paisiblement et avec sécurité leurs produits ;

L'Espagne et le Portugal renaissent et peuvent de nouveau reconstituer leur puissance ;

La Méditerranée se transforme en port universel de toutes les nations commerciales de l'Univers ;

La mer Noire, déclarée libre et *débarrassée de toutes les défenses établies sur le Bosphore*, permet à la Russie, à l'Autriche (qui aura rendu contre rémunération la Vénétie aux Italiens, et pourra, en échange, venir s'établir sur la mer Noire) ainsi qu'à toute l'Asie, de faire l'échange de leurs produits ;

L'Océan redevient la libre arène, où tous les peuples du monde peuvent venir lutter alors sans crainte et sans danger.

Tels sont les résultats inverses que l'Europe obtiendrait en fermant l'oreille aux excitations calculées de l'Angleterre.

Que la Russie réfléchisse à la guerre de Crimée et elle verra que si l'Autriche et la Prusse l'ont laissé vaincre et accabler, c'est bien moins *par ingratitude envers elle* que par l'*asservissement* que déjà l'Angleterre leur impose, et qui deviendra ensuite d'autant plus lourd que sa puissance sera plus immense.

Qu'elle médite sur son *isolement* dans sa lutte contre l'Angleterre (car, si elle n'avait eu à combattre que la France, la Prusse et l'Autriche se seraient assurément mises à ses côtés), et elle verra qu'il est déjà LA CONSÉQUENCE LOGIQUE *des traités et partages de* 1815, et le PRODUIT NATUREL *qu'elle recueillera toujours de ses coalitions contre nous !*

Si tels sont les résultats certains que les puissances européennes doivent obtenir en les supposant victorieuses, qu'obtiendront-elles donc *si elles ne le sont pas ?*

Qu'on remarque l'habileté des calculs de l'Angleterre et qu'on juge de la minutieuse prudence qu'elle apporte lorsqu'elle veut arriver à son but.

Dans la lutte qu'elle projette d'engager, deux seules puissances : la *Russie* et les *États-Unis* peuvent lui refuser leur concours, et pour sauvegarder leurs véritables intérêts, se ranger aux côtés de la France pour la secourir; alors :

Elle se hâte aussitôt et longtemps à l'avance, de les circonvenir pour obtenir ou leur neutralité ou leur appui ; mais, pour ne se trouver en aucune hypothèse, ou trompée ou prise au dépourvu, elle choisit avec habileté la circonstance forcée où toutes deux seront contraintes de rester spectatrices impuissantes et inactives.

La Russie peut, malgré ses promesses, joindre ses flottes à celles de la France : Elle attendra que la Baltique soit gelée et annihile ses desseins.

Les Etats-Unis qui la jalousent pourraient prendre part à la lutte et secourir ses ennemis; elle choisira l'instant où les pouvoirs allant changer, le président élu craindra de descendre de son fauteuil, en léguant à sa patrie des embarras immenses et où celui qui lui succédera n'osera commencer sa dictature en lançant dans les hasards et les dangers la nation qui aura eu confiance en sa sagesse.

Dans tous les cas, elle aura le soin à l'avance de leur envoyer, pour les assurer de sa vive amitié, un de ses jeunes et plus gracieux rejetons qui puisse captiver, par ses grâces, leurs charmantes ladies, se les rendre propices et produire l'enthousiasme.

Le voyage du prince de Galles en Amérique n'a pas d'autre but que celui-là : qu'on en soit convaincu !

Quoi qu'il en soit :

En admettant que ces considérations soient vaines et que mes prévisions soient traitées de chimériques,

Que les rois absolus se rappellent que la justice et la liberté sont comme la chaleur, qui tend constamment à se mettre en équilibre et finit toujours par briser en morceaux tout ce qui la comprime.

Qu'ils sachent que semblable à la poudre, l'amour de la patrie projette en se dilatant à l'infini tout ce qui se trouve devant elle et lui fait obstacle au contact de l'étincelle que fait jaillir la liberté.

15 octobre 1860.

BOBŒUF.

APRÈS L'ENTREVUE DE VARSOVIE.

Les conférences de Varsovie sont terminées; quel résultat ont-elles produit ?

Rien de plus que ce que j'avais indiqué à l'avance, et aujourd'hui :

La Russie, qu'on n'a voulu payer qu'en honneur, refuse son concours; — l'Autriche qui a décidement perdu le Nord, ne croit plus aux boussoles et cherche à s'orienter sans elles ; — l'Angleterre, que le temps presse et qui a besoin d'agir, cajole le Piémont (qu'avant l'entrevue elle admonestait) pour exciter la jalousie de son ancienne alliée et mettre fin à ses hésitations; — la Prusse attend avec impatience que la brouille se termine et grommelle en se promenant avec agitation.

Voilà où en sont aujourd'hui les choses. Qu'adviendra-t-il ?

Il arrivera (toujours suivant moi), que la guerre éclatera *avant le dégel de la Baltique*, soit par l'agression de l'Autriche contre le Piémont, soit par celle du Piémont contre l'Autriche.

Dans le premier cas, l'Autriche craintive ou *débitrice* se raccommodera avec l'Angleterre et acceptera ses conditions ; alors le Piémont *sera de nouveau abandonné*, lord Palmerston *se retirera* et lord Derby *prendra sa place*.

Dans le second, lord Palmerston restera au pouvoir et se fera de suite italianiser, afin de tirer lui-même les oreilles à l'Autriche indocile et de lui apprendre à vivre. Ce ne sera toutefois qu'en désespoir de cause et quand il ne pourra plus faire autrement, qu'il en arrivera à cette extrémité qui le contrariera beaucoup et me fera, à moi, une peine énorme, à ce que je crois !

Voilà ce qui arrivera.

BOBOEUF.

Paris, le 5 novembre 1860.

P.S. — Si, comme le bruit en court, l'Angleterre voulait réellement louer pour le terme prochain dans la Méditerranée DIX VAISSEAUX DE LIGNE MEUBLÉS et à prix réduit pour trouver des locataires; ne pas oublier d'y faire descendre ceux que nous avons dans l'Océan pour les offrir à meilleur marché et prouver qu'aujourd'hui nous pouvons enfin lutter commercialement ensemble.

Paris. — Imprimerie française et anglaise de E. Brière, rue Saint-Honoré, 257.